D1164675

South Park
NOV 01 2018
Branch

Zombilina

Texto:
Kristyn Crow

Ilustraciones:
Molly Idle

Picarona

Para mis hermanos: Michele, Rob, Janelle, Mike, John-David
y Jason, que me apoyaron cuando me encontraba sola y aterrada. —K. C.

Para Chris, con posthumor. —M. I.

Puedes consultar nuestro catálogo en
www.picarona.net

ZOMBILINA
Texto: *Kristyn Crow*
Ilustraciones: *Molly Idle*

1.ª edición: octubre de 2017

Título original: *Zombelina*

Traducción: *Joana Delgado*
Maquetación: *Montse Martín*
Corrección: *Sara Moreno*

© 2013, Kristyn Crow & Molly Idle.
Publicado por acuerdo con Bloomsbury Pub., Inc.
(Reservados todos los derechos)
© 2017, Ediciones Obelisco, S. L.
www.edicionesobelisco.com
(Reservados los derechos para la lengua española)

Edita: Picarona, sello infantil de Ediciones Obelisco, S. L.
Collita, 23-25. Pol. Ind. Molí de la Bastida
08191 Rubí - Barcelona
Tel. 93 309 85 25 - Fax 93 309 85 23
E-mail: picarona@picarona.net

ISBN: 978-84-9145-085-6
Depósito Legal: B-11.308-2017

Printed in China

Reservados todos los derechos. Ninguna parte de esta publicación, incluido el diseño
de la cubierta, puede ser reproducida, almacenada, transmitida o utilizada en manera
alguna por ningún medio, ya sea electrónico, químico, mecánico, óptico, de grabación
o electrográfico, sin el previo consentimiento por escrito del editor. Dirígete a CEDRO
(Centro Español de Derechos Reprográficos, www.cedro.org) si necesitas
fotocopiar o escanear algún fragmento de esta obra.

Me llamo Zombilina, y me encanta, me encanta
bailar, balancearme, deslizarme y,
en trance zombi, girar y girar.

Bailo el *moonwalk* con momias y el bugui-bugui con murciélagos.

Con hombres-lobo me contoneo y con lindos ratones rockanroleo.

Giro y giro como un espectro y me deslizo como un fantasma.

Pero bailar para mi familia es lo que más me entusiasma.

Vivimos en la esquina de la calle del Viejo Árbol
Tortuoso, en una casa con veleta de murciélago
y aspecto un tanto ruinoso.

Mamá es un poco quisquillosa, papá echa chispas cuando se enfada.
Y mi hermano mastica con la boca abierta sin que le importe nada.

¿Y yo? Yo, con mi zombi-ballet, atónitos los dejo.
Aunque a veces me paso un poco con los saltos de conejo.

Todos nos apoyamos, en las buenas y en las malas.
Me alegra que sean mi familia, eso a mí me da alas.

Una mañana me dijo mi mamá:
—Mi Zombilina querida, ¡ya es hora de que te conviertas
en una auténtica bailarina!

Pensé que haría un sortilegio, creí que oiría un *¡Tachán!*
Pero no, lo que hicimos fue del tejado despegar.
Compramos zapatillas, mallas y un tutú
para ballet practicar…

Y, un sábado por la noche, mis clases de baile comencé.

Madame Torpe dijo:

—Quizás está un poco verde, ¡pero qué extensión de pierna, la mejor, que yo recuerde!

La clase no me gustaba.

Las otras se encogían en la barra.

Siempre decían que yo me pasaba de la raya.

Pero pronto aprendí las técnicas de la danza.

Y en la buhardilla de casa practicaba sin tardanza.

Mis *demi-plié* a las telarañas
hacían temblar.

Mis *chassés* a los esqueletos
hacían hablar.

Los suelos de la buhardilla crujían,
y los mirlos trinaban con gran algarabía,
mientras, mis piruetas los espejos añicos hacían.

Noche tras noche, mis arabescos practicaba,
mientras ¡hombres-lobo y *poltersgeist* con deleite aullaban!

Y entonces...

¡El gran día llegó! ¡Era mi gran actuación!

Las cortinas se corrieron, yo temblaba de emoción.

La música empezó, y coloqué bien los pies.
(¡Glups!).
El público en SILENCIO nos contemplaba,
y yo…, yo simplemente me quedé HELADA.

Empecé a temblar. Estaba en trance sin más.
Mi clase empezó a girar, pero yo no podía bailar.

¡Y es que allí nada bramaba...
ni gemía,
ni resonaba,
ni crujía,
ni aterraba!

Temblé y me estremecí de la cabeza a los pies.
Extendí los brazos y luego solté unos gemidos.
—¡UNA ZOMBI! —chilló la gente con gritos mal reprimidos.
Aquél no sería el debut con el que tanto soñé.

Todos huyeron del teatro.
Mis compañeras se fueron
también.
Y yo me quedé allí solita,
preguntándome qué hacer.

Entonces escuché un conocido ¡EOOOOOOOOO!

¡Allí estaba mi FAMILIA, finalmente apareció!

Y todos chillaron
y aullaron
y berrearon
y me animaron.

Los asientos del teatro se volvieron a llenar.
¡Un lugar lleno de ESPECTROS! Respiré y volví a empezar.

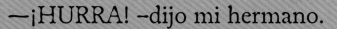

—¡HURRA! –dijo mi hermano.

—¡MÁS! –gritó mi pápa–. ¡Eres la mejor bailarina
que en este mundo habrá!

Mi mamá dijo:

—Eres etérea y animada ¡Hechizante!
¡Produces escalofríos, de tan buena hasta da MIEDO
mirarte!

Madame Torpe gritó:
—¡BRAVO, MAGNÍFICO!
¡Mi mejor estudiante, ATERRADORA, única!

¡Me arrojaron rosas negras y aplaudieron un MONTÓN!
Estaba tan orgullosa que saludé con grandísima devoción.

Volamos todos juntos hasta la calle del Viejo Árbol Tortuoso,
a nuestra casa con veleta de murciélago
y aspecto un tanto ruinoso.

Mi familia me sorprendió
con globos de monstruos repletos.
¡Y comimos helados de araña con cucharas
de esqueletos!

Me dijeron que aquella noche mi actuación había sido HORRIPILANTE!
Y es que ellos hacen que siempre todo se vuelva apasionante.
—¡En el escenario estuviste realmente VIVA! –dijo mi mamá…

Pero estaba MUERTA
de cansancio, en realidad.

¡AAAAAAAAAAAAAAHH!

Así que me fui a bailar
a la cama, con total
normalidad.